현대시세계 시인선 141

눈 한 번 깜빡

이성수
시집

눈 한 번 깜빡

이성수
시집

도서 출판 북인

앞으로 잘 가다가 뒤로 자빠졌다가
엎치락뒤치락
제자리에서 빙빙 돌다가
밀물이었다가 썰물이었다가
울다가
활짝 열리기도 했다가
언제 그랬냐는 듯이 꽉 잠기기도 했다가
오르락내리락하고
소리까지 다 먹어버리는 비좁은 골목길에 있다가
쿵쾅거리는 소리 가득 울리다가
웃다가
정신이 들었다가 나갔다가 하는,
이게 뭐냐?

내 시를 이 세상에 밀어넣고
지문 다 지워질 정도로
오랫동안 문질렀다

이만큼 사랑하면 되지 않나?

2022년 봄

차례

4부 향기 나는 집이 공중에 떠 있다

1부

고양이의 식사는 얼마나 위대한 고행이냐

반가사유상

화장실 휴지가 길게 혀를 빼고 있다
풀어놓을 설법이
산발한 내 머리카락보다
많다

낡은 거울에 비친
고인 얼굴에 잠긴
말씀도,
번지는 향기도 묵언이다

희고 좁게 말려 끊어진 경전

거울 앞에서 엉덩이를 깐 사내가
근심과 번뇌의 경계를 넘자
순식간에 자세가 흐트러진다

하기야 동백꽃도

바다까지 내놓은 절집 뒷간은 문도 없이 봄이다
대웅전 앞마당 쓸던 행자는 뒷간 빈틈에도
경전을 새기겠다고
동백 솟아난 길을 쓸었다

이른 아침에 똥도 싸지 못하고 사진만 찍다가
내장 다 비운 목어 우는 소리에
뒷간에 앉았는데

행자가 카메라 가방을 빗자루로 가리키며 말했다
사진 찍으시나 봐요
좋은 직업 가지셨네요
동백처럼 피어나던 똥구멍이 갑자기
고무줄로 싸맨 비닐봉지처럼 다물어졌다

스님만 하겠습니까

행자는 손사래치면서
들고 있는 빗자루 흔들면서
붉은 봄을 마구 내저으면서

철 이른 봄처럼 꽃잎 닮은 손으로 입을 가리며
속삭이듯 말했다

절집도 힘들어요

봄을 문지르니 꽃이 콧속에도 들어왔는지
화두가 뚝,
떨어졌다

봄이 오는 것도 힘들다
하기야
동백꽃 지는 마당에
빗자루에 쓸려가는 봄인들 고뇌가 없겠는가

삶은 종잇조각

초등학교 3학년 조카가 놀이터에 나와서
커다란 스케치북에
빨강 크레파스로 ㅅ을 그리고
파랑 크레파스로 ㅏ를
노랑 크레파스로는 ㄹ을 그리고는
장난이겠지
검정 크레파스로는 ㅁ을 그린다
뭔가 골똘하게 바라보다
꺄르르 웃는다
이 아이가 뭘 알기에
저 깊이도 알 수 없는 글자를 천연색으로 새기고 있는 것일까
장난일 거야
미세먼지에 며칠 동안 아무것도 보이지 않던
하늘이 얇아져서일 거야
아이가 바라본 건 무엇이었을까 나도 읽어보는데
내 눈이 검정을 다 넘기도 전에
스케치북을 북 찢어서 꾸깃꾸깃 구겨버린다
장난이겠지
아이는 시소를 탄다
올라갔다 내

려

갔

다

시소가 시들한 아이는 그네를 탄다

앞뒤로 건들거리는 그넷줄을 잡고 있다

장난이겠지

구겨진,

지치고 깨져서 둥근 삶이 바람에 굴러간다

장난이겠지

아이에게는 그네이고, 시소겠지만

어쩌다 낙서하듯 그려놓은 계절이겠지만

멀고 먼 중화반점

서울엔 없겠지만
짜장면을 먹고 싶다 아주 먼 고장
보통을 시켜도 곱빼기의 슬픔 두 배를 더 주는 거기,

비 내리는 길을 피해
열어놓은 문
빗소리가 갈 지 자로 들어간 중국집에서
아주 까맣게 익은 짜장면을 먹고 싶다

내게도 양파 같은 시절이 있었다는 걸
잊은 지 오래

가끔은 짜장면에 얼굴을 묻고
내가 왜 이렇게 까맣게 살아왔는지

기껏 짜장면 중국집에서
내가 헐겁게 살아온 골목길 다 뒤적이다
내게 멀어져간 발자국의 끝을 곰곰 생각하다
이제 영업시간 끝났다는 소리 듣고 나와도

비는 왜 멈추지 않는지
왜 춘장처럼 퍼진 삶은 멈추지 않는지

짜장면으로 배가 불렀는데
왜 먼 훗날까지 면발은 끊어지지 않는지

까만 눈물 흘려도 좋으리

사이

사는 게 다 그냥 아침에 들고 나가는 가방이다 비 내리는 날 바짓가랑이는 다 젖어도 머리카락이나마 젖지 말자고 펼치는 일상의 우산이다 아침에 눈 뜨고 뭐 특별하달 것도 없이 가로등 켜지고 꺼지는 사이에 비가 내리다가 눈이 떨어진다 그 사이에 계절이 계절을 자꾸 밀어낸다 모든 계절은 앞에 서 있는 계절을 죽여야 성장한다 초록이 영글고 바람이 녹슬고 창문에서 태어난 아이는 출근을 한다 신발에 묻은 햇살 몇 개 구둣솔로 털어내고 대문을 나서는 사이 머리 하얀 노인이 되어 무릎이 시리다 감나무에서 곶감이 한 평생을 졸고 있다 아무도 깨우지 않는다

영원히 생길 것 같지 않은 틈

다섯 번째와 여섯 번째 내 갈비뼈 사이에 당신이 들어올 겨를이 있다는 걸 나는 알지 못했다

구운 고등어 반쪽을 확 들어내니

나보다 더 많은 틈이 돋아나는 제 살을 구워놓았다

저 사이로 얼마나 많은 눈이 내렸을까? 햇살 몇 바가지가 쓱쓱 뼈와 뼈 사이를 저며놓았을까? 고등어는 이제 어디로 가야 할지 모른 채 제 살을 내주고 있다 틈이 벌어질 때마다 덜커덩 흔들린다

그까짓

까다 만 사랑 냄새가 난다, 반달

허벅지에 비비면 냇물이나 간신히 마시며 살던 포유동물
이 다시 아가미를 옆구리에 끼고 바닷속 깊은 해구로 숨어
들 것 같고

한 번도 보여주지 않은 등짝을 문지르면 벌통을 들쑤시
던 곰이 왜 나를 보냐, 며 신갈나무를 기어 내려와 낮은음
자리 첫째 줄 자리 계곡에 간신히 걸터앉은 나를 덮칠 것
같았다

언제나 촉촉한 달을 원한 건 아니었지만

지워진 불빛 앞에서 이름을 불러봤자 몰락한 두 다리만
슬퍼할 뿐

막된놈이 그려놓은 낙서 따라 구부정한 골목길 끝까지
가고 싶었지만

거기까지 가지 못한 나 대신 나를 의심하다가, 부정하다
가, 발로 툭툭 털어내다가, 내가 뭘 잘못했나 헤집어보다가
심장에서 가까운 왼발이 걷는 모양만 희미한 달빛에 마름
질해놓았다

그까짓 그까짓 것, 하다가 내가 한 번도 걸어가보지 못한
밤이 다 탔다

양수리행

나뭇잎처럼 우는 새가 있다
섣달그믐 늦은 밤인데
왜 한 남자를 동시에 늘어진 젖가슴에 담았는지
두 여자가 청량리에서 양수리 가는 버스
양쪽 자리에 앉아 싸움을 한다
남자는 아무도 없는 버스 정류장처럼 들척지근한 술 냄
새만 풍기고
여자들은 "이년아!" "이년아!" 입에 풀칠한 욕만 뱉어낸다
버스는 그믐달이 낸 길을 소리도 없이 가고
버스에 타고 있는 여고생들은 청춘이 즐거워 낄낄거리며
웃는다
밤은 언제부터 어두워졌는지
아무도 가르쳐주지 않았는데
두 여자 눈에 한 남자가 밟혀서
머리끄덩이 잡고 싸움질일까
그믐은 얼마큼 깊어야 어둡다 말할까
팔당댐 지날 즈음 버스 운전사가
싸울 거면 내려서 싸우라고 깜깜한 밤 한가운데 차를 세
운다
남자는 꾹 다문 섣달 그놈의 달만 쳐다보고

남자도 잃고 머리도 다 뜯긴 여자는
갈퀴 같은 손으로 헝클어진 머리를 쓸어 넘긴다
"염병헐, 이제 안 싸울라니, 후딱 갑시다."
섣달그믐 늦은 밤
바짝 마른 나뭇잎처럼 우는 여자를 보았다

화천 가는 길

산 넘으니 산이 있었다
산 넘으니 구름을 허리에 두른 산이 있었다
꽃개울에도 구름이 넘쳐
끊어진 동아줄처럼 비가 내리고

비가 내리지 않는 신갈나무 아래
새들이 빛을 쪼아먹고 있었다

노래 좋아하는 사내는
스무 살에 첫 아이를 낳고
김치찌개 푸짐하게 끓이는
처녀를 데리고 살았다

사내와 애기엄마가 된 처녀는
가구점을 하다가
나이테 두른 나뭇결이 되기도 했다가
가구도 다 팔지 못하고

곱창 볶으며 철판 위에 뜨거운 순대 속 당면이 되기도 했
다가

겨울로 가는 길에서
구름 근처에 가서 살겠다고 했다
거기서 노래가 되겠다고 했다

산 넘으니 산이 보였다
눈앞에 나타난 산 넘으니 산이 보였다
또 산을 넘으니 산이 서 있었다
그 산속에 개구락지 꾸엉꾸엉 우는 꽃개울이 되었다

스무 살에 낳은 딸이 시집갈 밑천 다 내놓고 살림에 보태
쓰라고 할 때
사내는 오래된 담벼락 잡고 개구락지처럼 울었다
그래도 사내는 노래처럼 울창한 산이 되었으므로

내게도 산이 있었으면
넘어도 넘어도 자꾸 나타나는
산이 있었으면
자꾸자꾸 나타나는 산이
넘을 수 없는 산이
내게도 있었으면

꽃개울 같은 오줌 졸졸졸 싸는 산이
내 가슴에도 있었으면

사내가 부르는 노래
악보를 닮은 산이
내 앞에도 있었으면

폭포

거꾸로 자라는 나무가 있다

저 멀리 바다까지 뿌리내리고
연어를 풀어놓는
흔들리지 않는 슬픔이 있다

죽어도 서서 죽는
한 행짜리 아가미가 있다

가을이면
뻘건 비늘로 산을 넘는
비린 이파리가 있다

꽃의 명함

1년에 한두 번씩 명함을 정리한다 꽃잎을 들춰보는 것
이다

이 꽃잎은 지난 여름 비 많이 내렸을 때 만났지 어린 풀
잎을 가르치는 꽃이지 비 내리는데 우산이 없어서 막막했
는데 발목도 가는 풀잎이 집에까지 가서 우산을 갖다주었
다고 했어 그 우산을 들어 보이며 꽃은 소주를 마셨어 오늘
은 내가 산다, 고 즐거워했지 술집을 나서는데 풀잎이 갖다
준 꽃을 펴며 꽃이 말했어 이리 와! 같이 쓰고 가자 취한 꽃
두 송이가 어린 풀잎이 가져다준 커다란 꽃을 머리에 얹고
빗길을 나섰지

항상 나에게는 꽃인 소식 없는 종이들 꽃잎을 다시 차곡
차곡 쌓아놓으며 내가 언제 그대에게 한 번이라도 반짝이
는 이슬이었던가 싶기도 하고

꽃들은

어제는 노란 고름이 터졌습니다 겨우내 앓은 몸 차도는 있으신지요? 새 지폐가 나온다는 소식을 들었습니다 어느 밭에서 봄꽃 정계비를 세우고 계시는지요 초신성의 마음들을 뿔뿔이 흩어놓고 별납으로 받은 바람으로 은전을 베풀고 계시는지요? 당신이 모시풀 위에 앉아서 발의한 연분홍꽃 무더기가 땅바닥에 좌르르 깔려 꽃밭의 정가를 흔들고 있습니다 잎샘이 고구려 막리지의 말씀처럼 추상같은데 이렇게 막살아도 되는지

꽃들은,

붉은 날
나도 바람도 도거리로 삽을 들고 꽃을 심는 저녁 땅

고양이의 봄날

고양이 옆에 대가리만 남아 있는 고등어가 누워 있다
바다에서도 어찌할 수 없었던 한세상 원죄
등 푸른 비린내를 털어내고 싶은 고등어

살은 욕망의 덤불이었을지 모른다
우두커니 뼈만 남아서 뼛속까지 남은 비린내만
살의 그림자를 만드는 햇살 아래

세상에 남아 있는
그림자를 지우는 순간은 위대하다

비린내 나는 콧등까지 다 먹고
눈깔이 묻혀놓은 냄새까지 혓바닥으로 싹싹 핥아서
지상의 모든 흔적을 지우는
고양이의 식사는 얼마나 위대한 고행이냐

죽어서도 남아 있는 비린내에 고등어는 얼마나 괴로웠
을까
　하루의 밥벌이를 위한 밥그릇 깨끗이 핥아 내리는 고양
이의,

한 놈은 괴로움 내주고
또 다른 놈은 괴로움 핥아주는

이생의 봄날이
고양이 등뼈 위에서 어슬렁어슬렁 걸어가고
꽃은 피려는지
목련 나무 아래로 날이 저문다

봄날을 보내는 방법

오늘도 바쁜 하루였나요 지나가는 길에 꽃망울이 있어 반가운 생각에 똑똑 두드려보니 무에 그리 바쁜지 문 열어 줄 기미도 보이지 않더군요 장롱 서랍 다 열고 청소하는 겐지 꽃단장하는 겐지 우당탕 청소기 돌아가는 소리가 들리는 것도 같고 분 냄새가 문틈으로 흘러나오는 것도 같고… 내가 문 두드리는 소리조차 듣지 못했나 봐요 나도 괜스레할 일 많은 척 바쁘게 양지바른 자리를 떴지만 뒤돌아보면혹시나 문이 열릴까 창문이라도 열릴까 싶기도 하였던 것입니다

한낮 햇빛이 그러려니 하라며 내 그림자 옆을 지나더라고요

하루 살기가 어디 쉽기야 하겠어요? 문득,

고양이가 밤 그늘에서 울어요

저 짐승도 헝클어진 한뉘 인연의 고비를 넘는 게지요

봄꽃

무릎 다 닳아서
눈길에도 목소리를 절뚝거리는 시를 썼다

자활센터 사업장에서 퇴사한
옛 동료가
부음으로 찾아와서
반가웠다는,

남아 있는 겨울이 이미 떠난 겨울을 만났다는,

아직도 자활하지 못한 봄이,
꽃이

폐문 정진

나 이제 문을 닫으리
바람에 흔들리는 나뭇가지 하나
내 마음에 꺾어두고
저 찬란하게 빛나는 푸른 하늘과
구름 몇 점 지나는 언덕길에 안녕이라 말하리

나 이제 가을의 문을 닫으리
눈 내리는 겨우내
공양통 햇살 한 그릇으로
겨울 하루를 살아가리

그대를 볼 수 없어서
그대의 말을 들을 수 없어서
어둠의 향기만 자욱할 때
내 마음 문마저 여며 닫으리

귀 접고 눈 감고 살다가
음지에 쌓였던 눈도
흔적 없이 사라진 봄날
헐어가는 몸이 벙글고 깨져서

목련처럼 활짝 문 열어
그대 앞에 서겠지만
접었던 귀 다시 펴지 않으리
감았던 눈에 다시는
촛불 하나 그어놓지 않으리

그대 그리워
나 이제 문을 닫으리
그대
문 밖에 있다면
내 마음에
두둑한 쇠못 하나 박아주시게

아직도 바람에 흔들리는 나뭇가지 하나

달빛

드디어
아이가 울지 않는다
일곱이레 만에

검은 하늘은 무두질한 말가죽
갖바치가 휙 던져놓은 편더기

소리 없이 건너가는 마차의
굴대

약두구리 하얀 창호지로
덮이는 얼굴

외로운
개들이 달빛을 윤독하는 밤
둥실둥실 봉분이 떠오르는데

이제
외골목
음력 십이월은

도둑합례도 못하리

자드락 그늘진 나무 아래로
펀둥거리다
돌아오는 아침에

명정도 걸지 못한 울음이
문틈을 비집고
마당에 내려앉는다

제부도

흔들리는 말[言]은 포구 말뚝에 묶어놓고 오지
어쩌자고 기어오르지도 못하는 수평선
저물어가는
저녁의 옆구리를 흔드는가

밀물이면 삼키고
썰물이면 토해낼
노을일랑
아예 눈꼬리에도 걸어두지 말지

개 짖는 소리에도 멍이 드는 돌덩이
어느 날
제 껍질을 벗고
바다에 뛰어들 수 있을까

가만히 오르지 못하면
내가 잘못했다고
천 번을 태어나도 죽어야 한다고
기도나 하지

나 혼자 오롯이 서서
흐르는 구름

바다로 저무는 길에
피지도 않은 젖가슴을 맡길 수 있을까

운악산 현등사

가마솥에서 돼지 한 마리 눈꽃처럼 끓고 있다
고통의 간격 없는 무간의 솥에서
오르막까지 다 오른 살과 뼈가 하산하고 있다
생의 이편을 마감한 고깃덩이
일주문도 없는 무쇠솥에서
펄펄 끓는다
끊어버릴 것도 많은데
타오르는 물에 빠져서
돌고 돌아
장삼빛 진한 국물 우려내고 있다

내린 눈만큼 녹은 길은 늘 업장 같아서
남겨놓은 사랑도 불현듯
맞닥뜨린 이별도 생의 뒤편에 걸어둔 채
길 끝에 매달린 절집도 그만 잊어야지
자꾸만 굽이돌아 도리질이다

윤회의 솥
불쑥 내민 손
잡아주지도 않았는데

장작불은 은근하게 눌어붙은 슬픔
육시 당한 몸뚱이는
가라앉지도 못하고
떠 있지도 못하고
바람 등 떠밀어 골마다 어둠 분질러놓고
생의 비탈 내려와서까지
자꾸만 돌고 돌아
삶은 눈물 우려내고 있다

왁자지껄, 절집 내려온 사람들
경계를 넘은 목숨 붙잡고 놓아주지 않는다

2부

다시 눈을 깜빡이고 말았다

눈 한 번 깜빡

엄마는 당신이 살아온 날을 소설로 쓰면 몇십 권은 될 거라면서도 눈 한 번 깜빡하니까 머리가 하얗더라는

되도 않는 역설을 자주 말씀하셨다, 꽃이 핀다

하긴 엄마 뱃속에서 내가 태어난 것도 황홀한 인연인데 엄마가 한평생 한 번 깜빡인 눈은 얼마나 이 생이 아름다울까, 꽃이 나부낀다는 것은 꽃이 진다는 말인데

눈 한 번 깜빡일 때마다 한 생이 지나고 또 다른 생을 맞는다

엄마가 쓴 이번 생 이야기 읽어보려고 엄마가 서 있던 자리에서 오랫동안 창밖을 바라보는데
왜 계절은 저만큼 먼저 꽃을 내던지는지 다시 눈을 깜빡이고 말았다

부리나케

엄마 보고 달려오던 아이
제 발에 걸려
코가 깨졌다

꽃이 오는 속도
봄이 피는 온도

꽃피 쏟아져 울음 벙그는

월식

달이 지구의 그림자 위를
맨발로
걷고 있다

내가 당신을 파먹은 죄

오래된 아이

오래된 사진을 뒤지다 어린 딸이 보여서 이게 너다, 가르쳐주려고 딸 방에 들어갔는데 딸이 화장하고 있었다 엷붉은 볼 초승달 손톱 노랗게 물든 머리 검은 눈썹

빨간 입술

내 허리쯤에서 찰랑이는 딸은 어디 갔을까 거울의 귀에 입을 대고 있는 딸에게 물었다 딸은 몇 해 전 거울 속에서 아이를 본 것 같기도 한데 지금은 어디 있는지 잘 모른다고 말했다 자신도 그 아이가 궁금하다며 긴 머리를 다시 쓸어 내렸다 거울 속을 보니 옷장 뒤에서 숨바꼭질하는 아이가 보였다 아직도 아이의 곱슬 파마머리가 내 허리춤에서 춤을 춘다

그 어린 딸을 거실로 데리고 나와 사진을 같이 봤다
이게 너야, 하고 말해주니까 아이가 깔깔 웃는다 손뼉 치며 웃는다
사진을 다 보고 아이를 거울과 이야기하는 딸에게 데려다주었다

딸이 예쁘게 화장했다

화장대 앞에 있는 딸이 이리 와, 하니까 아이가 거울 속
으로 달려가 나를 보고

웃는다

어디 갔을까 보름 전전전날 밤의 달처럼 나를 따라다니
던 아이는

시 공부 시간

1
내 나이 오십줄에 부러질 즈음
어머니 내 손을 영영 놓으셨습니다
내가 놓으면 단풍 낙엽처럼 흐느적거리며
떨어지는 손

몇 달 마음 둘 곳 없어
푸른시민연대 찾았습니다
어머니,
어머니가 계셨습니다

ㄱ 자 꼬리 붙들려고 달려가는 어머니
ㄴ 자 미끄럼틀 타는 어머니
ㄹ 자 허리 잡고 춤추는 어머니

ㄷ 자 한 세상 첩첩산중 개울도 건너지 못한 어머니
ㅁ 자 밭이랑 수만 번 돌던 어머니
ㅂ 자 아침 햇살로 밭을 갈면서
ㅅ 자 사람처럼 산 적 없던 어머니
ㅇ 자 요강에 손 담그며 겨울 흐르는 냇물을 척척 감아

빨던 어머니

ㅈ 자 평상 같은 글자와
ㅊ 자 평상에 혹 난 글자가 어찌 다른지 모르겠다는 어
머니
ㅌ 자 햇살 터지는 땅
ㅍ 자 파란 햇살 아래 한 번도 떳떳하게 나서본 적 없던
어머니

ㅎ 자 아들 입 밥 넘어가는 소리에 웃음 벙글어 터지던
어머니
글자 하나하나가 인생인 어머니

어머니 가시자 어머니가 거기 계셨습니다
그분들 모시고 시 공부했습니다

2
어머니 시는 누룽지
삶이 까맣게 타들어가는 누룽지
버리지도 못하고 감싸고 살려니

떠듬떠듬
쓴맛만 나는 생을
어머니는 쓰고 나는 읽었습니다

내가 살아보지 못한
아궁이 밥솥 안의 삶을
매일 들여다보았습니다
거기에 두 눈 버젓이 뜨고 있으면서도
손가락으로 글자를 읽었던
어머니가 계셨습니다

작대기 하나로
온종일 산에서 놀다온 내게
저놈의 자식 오늘도 옷 버린 거 봐라!
웃으시던 어머니

왜 나는 어머니에게
삶을 돌아보라 이야기하지 않았을까요
어머니도 한글 배워
어머니 삶 받아쓰기 한번 해보시라고

왜 말하지 못했을까요
받침이 틀려도 좋으니
시 한 편 써보시라고
어머니 밥솥에 있는 시 한 편 퍼드리지 못하고

양말

선풍기가 열심히 돌고 있다 바람 불 때마다 양말이 잘린 발목처럼 펄떡이고 있다 발가락이 아직도 파르르 떤다 선풍기 바람 불 때마다 아이 방 작은 발목은 핏기 싹 빠진 채 바짝 말라 있다 살육의 이유도 모른 채 발가락이 까딱까딱 움직이고 있다 먼지의 격류로 자욱한 방 팔뚝 잘리고 목 하반신마저 잃어버린 하얀 몸뚱이 옆 지뢰에 잘려나간 발목이 헐떡거리며 책상 밑으로 기어들고 있다 딸애가 평화롭게 자는 연옥의 방

버려진 가구

이제는 양말 쪼가리도 없는 서랍
걸릴 껍데기조차 없는 옷걸이
가슴 아파하지 마라

먼지가 쌓여도
네 잘못은 티끌만큼도 없나니

다 내 못난 걸음걸이 탓이다
버려진 건 네가 아니라
기울어진 내 어깨다
내 낡은 무릎이다

깨지고 부서지는 건
거울조차 없는 내 얼굴이다

노인의 열쇠 세 개

하나는 목에 걸고 다니고

하나는 출입문 옆 화분 아래

또 하나는 누이동생

전화 안 받으면
우리 집 문 열어봐라

오래돼 썩은 둥치 하나 있으면
내다가 불태워 버려라

오후 4시

여기가 어딘지 몰라서
내가 갈 곳 어딘지 몰라서

기웃거리다가
내가 스며들 곳 어딘지 몰라서

새들 날아간 자리 몰라서
새들에게 자리 내주고

불길 어디로 타오를 줄 몰라서
내가 어디 있는 줄 몰라서

내가 누구인 줄 몰라서

그냥 아래로 떨어지는 건 죄 같아서

허물어진 시

기침으로 시작하는
시가 있다

병원은 고혈압에 당뇨에 고지혈증에 비만이 일상이다
나는 죽어가는 문장이다

내 췌장에서 당신이 솟아났다는
간이 부어서 독기도 숭덩숭덩 빠져나가버리는
심장 반나절의 넓이만큼 당신이 농구공을 튕기는
형상과 흐름과 소리가
내 몸속의 피로 흐른다는 걸
내가 안다

건강보험 정기검진은 꼭 해야 하나?
아침에 눈 뜨면 살다가
감기 들면 좀 콜록대다가
콧물 흘리다
죽은 듯이 사는 시도 있겠지만

헐거워진 문장

석 달 열흘 굶고
금방 식도로 넘긴 자음과 모음이
내 핏속으로 사라지는 모습을
내시경으로 들여다보고 나와야겠다

내 병은
내 시가 안다

그림자를 버리다

뚝. 끊어진

공중에 떠 있는 윗것들은 그림자를 아예 버리고 산다
태생의 흔적을 지우려는 의도를 나는 알고 있다

저 잔인한 해가 하루 동안 내 그림자를 땅에 다진다
꾹꾹 눌러 밟아 납작해진 내 그림자
마음의 정반대 방향에 있는데
나도 해도 그림자도 같은 길로 가고 있다
누르는 놈도 눌리는 놈도
내가 싸들고 짊어지고 간다

비행기가 버린 그림자 우주로 패대기치는
일몰이다

악어가 수염까지 늘어진 누의 넓적다리를 물고 살점을
뜯어내는 시간

저 일몰의 그림자는 어느 늪지대를 헤매고 있을까

악어가 누의 흔적을 지우고 있다
비린내를 버린 하늘이 붉다
잔인한,

시집 왔다

어제도 눈여겨보지 않은 우체통에
봄이 왔다
가난한 시인의 절절 끓는 아궁이가
시집 한 권으로 묶이는 계절 넘어

빨간 양철 호주머니에
청첩장 같은 시집 한 권 꽂은 담벼락
형광등 불빛 한 줌으로 피어나는 꽃
그저 무심하게 바라볼 뿐인데

봄을 우려낸 시집이
우리 집으로 시집 왔다
비 내리는 밤길 더듬으며 내게 왔을
어린 꽃 한 송이 피었다

시집을 읽는다는 건
꽃 이전의 꽃을 보는 것
꽃이 피는 순간부터
봄의 표정에 물들어
끝내 내가 봄으로 살다가

꽃 떨어지는 절정
시밖에 쓸 줄 모르는 견고한 눈물을
내 눈 가득 보듬어 안는 것

그래도 꽃 한 송이에
낙서 가득한 담벼락이 온통 향기로운데

빗방울 볶아대듯
나뭇가지 찰랑찰랑
꽃

꽃 이전의 그리움도 부끄러운
세상의 첫날밤이다
시집 첫날밤이다

검게 그을린 아랫목에서
시인이 한 손 한 손 꽃무늬 블라우스 단추를 풀어준,
낯선 언어로 접혀 있는,

여인이 내 앞에 왔다

아득한

비 그치자

매미가

방충망에

죽기

살기로

매달렸다

사는 게 왜 이리 아득하냐고

허기진 별들 다 데려다놓고

온몸으로

울었다

빌어먹을

1
코로나 코로나
코로나 코로나

신제품 코로나 싸게 팝니다!
공장 대처분
공짜 세일!

코로나새벽 코로나무거운눈 코로나양복 코로나쉰발 코로나지하철빈자리 코로나식당 코로나압력솥 코로나숟가락 코노나침방울 코로나선풍기 코로나마스크 코로나복면들 코로나사무실 코로나암보험 코로나종이컵 코로나안마의자 코로나가로수

제발 코로나 좀 사시구려 시민 여러분!

코로나해질녘 코로나쐬주 코로나로막거른막걸리 코로나파전 코로나광어회 코로나국개 코로나언론 코로나2000번버스 코로나아스팔트 코로나아파트101동 코로나초인종 코로나땡똥

65

2
오늘도 코로나냐?
실적은 있니?

그래 나 코로나 한잔했다

나가 뒈져

코로나소파에 앉아 코로나양말을 벗는다

날이면 날마다 오는 날이 아닙니다
시간이 별로 남지 않았습니다, 남은 시간 정확히 3분 20
초 막 지나갑니다, 지금 전화예약하시는 분에게는 코로나
로 가는 항공권 두 매를 드립니다, 네 그렇죠, 시간이 없습
니다, 빨리 전화주세요

코로나무지개 코로나꿈 코로나에어콘 코로나온자가용
코로나코끼리 코노라노란목도리담비 코로나보아뱀 코로
나만장굴 코로나칠선계곡 코로나히말라야 코로나산소캔
코로나와이키키해변 코로나동해바다 코로나아이스코피

이런…,
빌어먹을
코로나가 없네
여행하기 좋은 기횐데…

3
방에 있던 딸아이가 코로나 취한 애비 모양이 안됐던지
엄지를 들어 보이며 말한다
우리 아빠 코로나!
그래 우리 딸도 코로나!

왜 눈물은 코로 나오나!

땅거울

매미가 울든지

비가 내리든지

한여름

물 고인 땅

들여다볼 때마다 보이는

내 얼굴

너울길 달려온 차에

뭉개진,

물고기는 눈을 감지 않는다

태어나서 한 번도 눈을 깜빡이지 않은 물고기 눈을 가진
사람
그는 물고기를 사랑한다
그의 눈에는 구름이 물고기로 보였다
그는 물고기로 꿈꾸고 물꼬기 같은 사랑을 만나 물꼬기
같은 자식을 낳았다
수해가 든 어느 날 그는 잘나가던 사업을 접고 말았다
파도가 높으면 물고기도 지치는 법
일찍부터 자신의 요리 맛있게 먹는 사람들 모습이 보기
좋았다
요리사 자격증을 따낸,
물고기사랑이라는 요릿집을 낸 사람

물고기 가득 찬 어항
방어가 놀고 있다
고등어가 놀고
물고기사랑 사장이자 주방장인 그가 특별히 좋아하는 물
고기
눈이 없는 장님 물고기
손님에게 제일 먼저 권하는 물고기

그는 머리가 잘려도 눈을 감지 않는 어항 속 물고기들과
눈싸움을 자주 한다

손님에게 제일 먼저 권하는 물고기
눈이 없는 장님 물고기
물고기사랑 사장이자 주방장인 그가 특별히 좋아하는 물
고기
고등어가 놀고
방어가 놀고 있다
물고기 가득 찬 어항

물고기사랑이라는 요릿집을 낸 사람,
요리사 자격증을 따낸
일찍부터 자신의 요리 맛있게 먹는 사람들 모습이 보기
좋았다
파도가 높으면 물고기도 지치는 법
수해가 든 어느 날 그는 잘나가던 사업을 접고 말았다
그는 물고기로 꿈꾸고 물꼬기 같은 사랑을 만나 물꼬기
같은 자식을 낳았다
그의 눈에는 구름이 물고기로 보였다

그는 물고기를 사랑한다

태어나서 한 번도 눈을 깜빡이지 않은 물고기 눈을 가진
사람

하하하, 아버지

엄마 돌아가시고
아버지는 엄마 이름 부르며 사십구재 내내 울었다

우리 신현봉 천국 가게 해주세요, 나무아미타불
우리 신현봉 천국 가게 해주세요, 나무아미타불…

아버지 이제 그만하고 저녁 드세요!

예수와 부처를 망라해 엄마를 부탁하면서
눈물 콧물 다 닦고는

그래, 날도 더운데 우리 막걸리 한잔하자!

엄마 돌아가시고
아버지 혼자 집 지키는 화석이 될 것 같았다

사십구재 끝나면 예쁜 할머니랑 같이 사세요!

그런 할망구가 있기나 하니?

혼자 사는 할머니 있으면 소개해달라는 말씀인지
따라가지도 못할 여자는 꿈도 꾸지 않는다는 뜻인지

우리 신현봉 천국 가게 해주세요,
나무아미타불
나무아미타불…

미사일

대관령에서 뽑아온 미사일이 마당에 우당탕 뒹굴었다. 오, 어제까지도 경계경보 깃발 휘날리며 발사 준비 완벽했던 미사일. 초록 노기가 탱탱한 미사일. 참 실한 놈이네! 장모는, 미사일을 던지면 어떻게 하냐고 난리다. 살살 내려놔요, 그렇게 꽝꽝 내려놓다가 미사일이 터지면 어쩌려고. 그래도 김씨는 웃는다. 아, 몇 개 더 드리면 되지 뭘요. 장모는 입이 금세 찢어질 정도로 웃는다. 역시 김씨네 미사일은 정말 좋아. 작년에도 이 미사일에 동네 여편네들이 껌뻑 죽었다니까. 여편네들이 이 미사일 갖다달라던데 올해는 줄 수 있나? 좀 싸게 줘. 초겨울 한낮의 무기 밀거래가 마당에서 이루어지고 있었다. 더 크게 웃는 김씨.

장인이 장비를 점검한다. 미사일을 씻는다. 수세미로 쓱쓱 씻는다. 어이구 이거 화력이 대단하겠어. 아, 지원부대 좀 더 불러. 큰애네만 있으면 됐지, 힘든데 누굴 더 불러요. 아, 그럼 보쌈이나 먹으라고 불러. 장인은 꿍꿍이가 있겠지만 역시 장모는 박애주의자다. 그럼 그럴까. 장모는 전화기 붙잡고 다급하게 소리친다. 통신보안, 통신보안 둘째네냐…, 찰리 셋째네냐….

몇 시간 후 둘째 처제가 왔다. 어머나, 이 미사일 잘도 생겼다. 잘빠졌네. 그래 미사일은 이 정도 생겨야 해. 내 스타

일이야. 장인이 순간 끼어든다. 이 미사일 좀 썰지! 아빠는 참, 이런 거는 남자들이 하는 거예요, 형부가 썰어요. 아, 그럴까? 나는 칼을 들고 이걸 언제 다 써나 난감해했다. 깍둑 썰어 깍두기 담그고, 채 썰어 고춧가루 파 마늘 생강에 암팡지게 곰삭은 새우젓도 넣어 김장속도 만들고, 돼지고기에 쌈도 먹어야지. 여기에 막걸리 한 잔이면 더 이상 바랄 게 없지. 가자지구 골목을 뛰놀던 아무자드 알 자네인의 영혼도 부르고, 베냐민 네타냐후 이스라엘 총리도 불러서 걸지게 잔치를 벌여야지. 그런데 이걸 언제 다 써나…. 허파간 심장 콩팥을 팔레스타인 사람에게 기증한 이스라엘 소년도 있다던데, 오늘 이 미사일 다 썰어 국경 하늘 숭숭 넘나드는 심장이나 콩팥을 만들어볼까?

열대야

팬티 벗고
러닝셔츠 벗고
내 껍데기까지 훌렁 벗어서 뒤집어놓은 채

차가운 저녁노을에 내 영혼 문질러 씻어내고

내 껍데기 말아
감자 굽는 장작불에 던져넣으면

불타는 한생
참 잘했다 싶게

이번 생의 문지방을
넘어갈 수 있을까

3부

내장을 드러내놓는 울음은 손가락 끝까지 시리다

피는 꽃

    태어나서 한 번만 환해지면 된다 더도 말고 덜도 말고 한 번만 환해지면 그 환장할 것 같은 어둠을 굽이치는 여울이라 한다

    부끄러움도 없이
    두려움도 없이

    난생처음 어둠의 바닥에서 자갈의 향기를 들이마시는 순간

침묵의 경전

정적이 경전을 쓴다

소리 버리고서야 비로소 휘몰아치는 바람의 말씀을 듣는다

비어 있는 정원이 보랏빛 맥문동 꽃을 심는다

고요한 들판이 후드득 푸른 꿩 한 마리 쏘아올리고

방금 폐관정진 마친

억새가 서로 어깨를 흔들어 묻는다

너는 지금 어디 있냐고

허공이 물결도 일지 않는 하늘색 뇌수로

당신이 찢어진 내 붉은 선혈로

샛강에 버려진 내 침묵으로

천년 새벽빛에도 풀어지지 않는 밀경을 엮고 있다

문신

나는 그대의 눈빛이 새겨놓은 사랑의 액면가를 알고 있다
열다섯 송이의 꽃이거나 방금 향유고래가 내뿜은
구름 서른 조각 정도의 가격표가 보인다

사는 것도, 아니 죽는 것도 두렵지 않은
어둠을 입속에 구겨넣어 보았는가

파란 물감을 문질러놓은 대문 앞에서 발자국의 냄새가
한순간 사라졌다
어린 고사리의 날들
사람의 길도 모르면서 왜 별은 뜨고 지는지
폭신폭신한 달을 보고 짖는다

내가 짖을 때마다 목련이 한 송이씩 피었다
꽃은 떨어져 아스팔트에 문신을 뜨고 있다
바늘로 살갗을 찔러 꽃이 그림을 그리는 사유
아무리 끙끙거려도 모르겠다

살아 있는 건지 죽어 있는 건지도 모르겠다
향기가 배반한 바람이 분다

낮과 밤의 깊이

길어진 해만큼 기차가 늦는다고 했다 어두웠던 너의 방에 불이 켜지는 것이 보였다 너는 골목길 전봇대 아래 서성이는 나를 보지 못할 것이다, 기차가 빛과 어둠 떼어놓으며 도착했다

낮과 밤 깊이가 같아지는 순간 식물성 침묵과 동물성 가슴앓이가 공존하는 겨를은 아주 짧다 그 시각 이후 나는 너를 볼 수 없다 네가 온전하게 나를 바라보는 동안이니까, 기차가 움직인다

우리는 항상 유리창을 통해서만 서로를 볼 뿐이었다 강촌 가는 길이 한 걸음 줄어들 때마다 너와의 거리가 한 바퀴씩 멀어진다

터널 빠져나온 밤은 직선으로 둘러싸인 어둠이다, 낮과 밤은 천칭

직선으로만 기울어지고 미끄러진다 낮과 밤 찰랑이는 깊이가 같아지는 봄 아지랑이에서 여름으로, 여름날 장맛비에서 가을 무서리로 서로의 눈을 마주칠 수 있지만

어둠을 저편에 둔 유리창은 거울이 되는 순간 나는 나의, 너는 너만의 자화상을 가둔 감옥일 뿐이다

언제까지 부유하는 시선을 끌고 가야 하는지 알지도 못
하면서, 마냥 철길을 달리며 흔들리는 것이다

동구릉

봄은 흙먼지 행렬 따라온다 꽃 먼지 왕릉은 한순간에 장엄한 청춘의 소모품일 뿐이다 누구의 발걸음이 마술처럼 시대의 책장을 넘기는 것일까

몇 번이나 봄이 지난 후 소풍처럼 그녀를 만났다 그녀도 동구릉 소풍을 갔다고 했다 봄날 그녀와 나는 나란히 걸었으리라 혹은 내가 지난 개울가 그녀가 스쳐가기도 했을 것이며, 혹은 여학교 장기자랑 훔쳐보고 있을 때 그녀 역시 손에 잡히는 풀 무료하게 뜯다가 옆에 앉은 친구와 왕릉에서는 모자를 써야 한다며 잡담하고 있었을지도 모를 일이다 아니면 동구릉 봄볕에 두 번째 단추까지 풀고는 삐딱하게 모자를 쓴 채 사진을 찍던 나무 밑에서 며칠 후 그녀는 친구들과 김밥을 먹었으리라 봄날이었으므로 그녀는 햇빛에 눈이 부셔 가끔 콧등을 찡그리기도 했으리라

나는 가끔 봄꽃처럼 생각한다 그 봄 소풍날 우리는 왕릉에서 외롭고 쓸쓸한 청춘이었고 혹은 오래되고 낡은 왕과 왕비였을지도 모르겠다고
아주 멀리 봄 소풍을 떠날 날이다 청춘 다 썼는데 왕릉이 내게 다시 올까 싶기도 하다 저 오래된 청춘의 무덤

마술 같은,
저세상

벽

거리에서 느낌표로 만난 적이 있다
한 사람은 화들짝 놀라고
한 사람은 가슴이 무너지는 통증으로

광화문 언저리 즈음에서
낮부터 어스름 저녁까지 술 마시고
우산 하나 받쳐들고 걷다가
세월의 벽을 넘어

너를 사랑해, 하고 말하는데
이게 뭔 뜬금없는 소리냐며
호호 깔깔 웃던 세월을 만난 적이 있다

한 시절 멀찍이 건너뛰었는데도
서로 만나지 못하는 느낌표 두 개가
비스듬히 서 있는
늦은 저녁을 만난 적이 있다

장마

작달비도 비꽃으로 시작된다

처음에는 젖지 않을 것 같았다 그깟 비쯤이야 그랬으니
겨우 먼지 날리지 않을 정도로 내리는 먼지잼 같은 비 내
손등에 떨어져도 금방 사라졌으니까 내 볼에 떨어져도 시
나브로 없어졌으니까 비 그치면 달에도 물이 고인다 달에
스며들던 빗방울이 달을 채운다 빗물에 상현달이 잠긴다

늦은 밤 문 닫힌 청춘슈퍼 앞에서 내가 비를 긋는 동안
막차 끊긴 당신도 내 옆에서 평생
비 내리는 하늘을 두드려대는 풍경처럼 울었으면

오늘 밤은 한참 동안 내리는 우레비에 갇혔다

중생대 쥐라기 허니문

식물이 성기를 드러내다 소철 은행나무 소나무 주목 같은 겉씨식물과 밤새도록 포자를 날렸을 양치식물이 왕성한 성욕으로 숲을 덮다 무겁고 긴 몸통을 가진 용각류 공룡 육식 공룡 알로사우루스 판잣집 골판骨板을 등에 붙이고 다녔던 스테고사우루스 같은 수많은 공룡이 식물성 성욕에 길들고 지구에 군림하다 거대한 양치식물이 부러지도록 사랑하다 몸이 작은 포유류가 많아진 건 순전히 불을 켜지 못하는 어린 마음 때문이다 새가 하늘을 날고 도마뱀이 땅을 기어다니다 물고기처럼 유연하게 물속을 가르던 어룡 이크티오사우루스와 플레시오사우루스와 같은 바닷속 파충류가 바다 전체를 정자로 가득 채워 다양해지다 그 빈틈을 비집고 성게 바다나리 불가사리 해면이 보름이면 정자와 난자를 달빛에 흘리다 대륙을 움직인 사랑이 있었지만 결국 판게아 대륙은 곤드와나와 로라시아로 이별하다 현생 인류가 나타나기 훨씬 전 내가 생각이라는 미친 짓을 시작하기 훨씬 전 내가 사랑하기 아주 오래 전 사랑도 중생대였던 그때

얻어터진 날

　내가 기억나지 않는다고? 그럴 수 있지 곰팡이가 내려앉은 기억은 삭아 없어지거나 잊고 나서야 더 곰삭은 젓갈 맛이 나는 거잖아 젓갈에 무슨 형체가 있겠어 그저 냄새만으로 과거 흔적이 남아 있을 뿐이지 버스 종점에서 너를 오랫동안 기다렸던 날들 어느 한구석 즈음에 내가 묻혀 있는 거겠지 나는 너 기억해 2학년 때 면도칼 썹던 친구와 싸우다가 죽도록 맞고 수돗물에 내 코피를 닦아내던 날이었거든 그날은 다 빨갰거든 왜 그날이었는지 몰라 기념일도 아니고 운동장에는 축구 하는 아이들로 먼지만 자욱한 날이었는데 왜 많은 날 다 빼놓고 그날, 하필이면 그날, 네가 내 눈에 혁명처럼 잔뜩 묻어 들었는지 몰라

내가 아직 못 쓴 시

중학교 국어 시간에 갑자기 몽정으로 잠까지 설치게 한
좆/좇이 좆인지 좇인지 알 수가 없어서
선생님에게 여쭤봤어
선생님 좆/좇은 받침이 지읒입니까, 치읓입니까?
아이들은 웃었고
좆/좇 같은 놈들, 좆/좇도 모르는 것들이

서울대학교 사범대학 국어교육과를 나온 선생님은 그걸
왜 물어 인마 하면서 수업만 하셨지
왜 나는 좆/좇을 내 좆/좇에게 물어보지 않고
선생님 팔뚝만 잡고 좆/좇이 뭐냐고 물었을까
나는 홀딱 벗은 여학생이 나오는 꿈만 좇았지 정말 좆/좇
도 몰랐던 거지

수업이 끝나고 선생님이 나를 복도로 부르셨어
좆/좇은 받침이 지읒이야 인마
그런 건 혼자 있을 때 물어
국어사전 바지만 벗겨 봐도 아는걸

고등학교 3년 동안 좆나게 공부하고도 모자라 재수해 대

학에 들어갔지

1학년 때 민속학을 전공한 교수님이 욕을 많이 아신다길래

교수님 욕 하나 가르쳐주세요, 하고 학생들이 말했지

교수님은 근엄하게 수업 시간에 어떻게 욕을 가르쳐주냐며 수업을 계속하셨지

역시 동경교육대학 대학원 문학박사다웠어

수업 끝나 문 열고 나가다가 교수님이 말씀하시더라고

욕 하나 가르쳐달라고 했지? 문지방에 좆 낑기는 소리 하지 마

학생들이 배를 잡고 웃었지만,

이제 와 생각해보면 나는 좆도 모르면서

여태까지 시에 좆 낑기는 소리만 하고 살았나 봐

두 분 선생님

좆

고맙습니다

라는 시를 꼭 써야겠어

흔들리는 흙

며칠 전 심어놓은 씨앗이 흙을 흔들고 나온다

이랑에
거꾸로 선 빗자루

봄바람이 지나고
새순이 비질한다
한 움큼의 빗방울이 쓸려나온다
꽃잎 몇 개 쓸어 모으고 있다

숲정이 근처
얼쩡대던 여우별
몇 개
파랗게 아우성치더니

동네에서 가장 젊은
예순다섯 살 농부가
어린 잎맥처럼
콩당콩당 뛰는 봄날

막걸리 새참 먹고는
감나무에 등짝을 긁는다

흘러가는 이생의 봄날이 가려운 것이다
저 청춘도,

송광사에는 풍경이 없다*

바람 소리에도 깨어나지 않을 그대
박새 두 마리 앉아서
나뭇가지 휘어지는 소리에는
꿈쩍이나 하겠는지요

새벽 근처 서성이는 인기척
흠향이나 하실는지요

낙엽에도 흔들리지 않는데
그대에게 쓰러지는
내 아픔에 실눈이라도 뜨실는지요

내 머리에 심지를 꽂아
나를 태워주세요

불꽃 밝을수록
가만히 앉아 있는 그대
어깨 너머
어둠도 선명합니다

뜨거움에 소리 지르면
두 눈 감고도
내 눈물 볼 수 있는지요

나뭇잎이 풍경이고
이슬에 번지는 햇살이 풍경입니다
내 사랑이 막 떠오른 천만 개의 풍경인데
귀를 막고, 침묵인지요

흔들려야 깨지는
마음

무릇
흔들리고 소리라도 나야
사랑도 시작이지요

다시 어둠 오면
잠들지 않는 물고기 숨결 하나
걸어두렵니다

*송광사에는 바람에 흔들리는 풍경도 수행에 방해가 된다 하여 아예 물고기
풍경도 걸어두지 않았다.

춤을 추고 있었구나
— 춤꾼 최보결 선생에게

춤추고 있었구나, 자동차는
빵빵거리며 급하게 달리는 것만 같았는데
빨갛고 노랗고 초록으로
사계절 가득한 길의 표정을 걸어놓고
춤추고 있었구나

꽈배기 튀기는 아줌마
꽈배기 사라는 소리도
흔들리며
바람의 빈틈을 배배 꽈주는 춤이었구나

춤이라는 게 대단한 몸짓인 줄 알았다
함양 땅 상림숲 상수리나무 도토리
선운사 동백꽃
떨어지는 것도
지구 심장으로 걸어가는
춤이었구나

봄처녀나비 정도는 돼야 춤을 추는 줄 알았는데
엘리베이터에서 만난 7층 아줌마

내게 볶은 머리 숙여 인사한 것도
춤이었구나

내가 뱉어낸 한숨도
무시로 내 가슴
이리 밀었다
저리 밀어대는
쓸쓸함
내 청춘이었을 때의 가여움도
흔들리는 것만으로 춤이었구나

나이 먹어서
자꾸 스텝이 꼬여 넘어지는 날이 많아진다
건망증처럼 기억 속에서 명사가 뭉개지는 것도
춤이었구나
내 춤이었구나

내 세월 흥건하게 젖어 있는
몸짓이었구나

기린의 골목

내가 그린 기린 그림은

내 시선보다 더 긴 길 따라가보니
하늘에 입 하나 눈 두 개 귀 두 개가 그려져 있다

초승달 옆으로 목성 기우는 밤을 보내고 창문 너머 그대
를 호명하는데
나는 달이 가는 길을 닮을 수 없는 것일까?
아주 긴 질문을 밤새 쏟아놓는다

골목길 녹슨 담벼락에는 귀가 없다
수많은 이야기를 들어도 듣지 않은 척해야 한다
내 이름 불려도 내가 아닌 척해야 한다
담벼락에는 입이 없다 나라고
바로 나라고 말할 수 없다

끝나지 않을 것 같은 어두운 얼룩
속, 깊이 스며드는 짐승

허공에 떠 있는 입

눈

귀

진화의 순간부터 목이 길어진

죽도록 사랑했다는,

아주 긴 그림

고드름

내장을 드러내놓는
울음은 손가락 끝까지 시리다

드러낸 푸른 하늘 눈부처였는데
누구는 그걸 사랑이라 하고
누구는 퇴행적 우울이라 했다

삶은 늘 번드르르한
피곤함

한순간도
한 발짝도 나가지 못하는
집 처마 끝에서
오늘이나 내일이나
내가 사라질 순간만
울지 않는 풍경으로 걸어놓았다

저 꽃은 어디쯤부터 병이 들어 몸을 던졌을까
어느 마음 한 귀퉁이에 골병이 들어
다 보이는 그리움 하나 끄집어내지 못하고

바람의 창문을 걸어 잠그고 스스로 바람이 되었을까

떨어져 부서지는
시린 허공 되었을까

9월

담배 피우러
반음씩 떨어지는 계단 내려가는데
매미 한 마리
배 뒤집은 채
바짝 마른 몸뚱이
바닥에 던져놓았다
두 칸 아래 계단은 바리톤 음역
매미는 자기가 죽을 구역도 찾지 못한 것일까

날개에 초록색 피가 흐른 날이 아직도 그리울까
기억도 낡은 몸뚱어리 손안에 두었는데
되살아나 악보를 펼치려 한다
현관문 나가
손바닥 폈다

4옥타브 음계를 넘나들던
매미는 날지 않았다
보면대 닮은
매미 등 두드려도
성대가 파열된

매미는 마침표가 되어 있었다

손바닥이 간지러웠다
그 누구 울어줄 사람도 없어
우주의 한순간 악보를 접는다

내가 지은 죄 매미에게 다 덮어씌우고 나서야
여름이 다 가고 말았다

일상의 방향

뭐 그리 급한지
가방 하나 챙기지 않은 담배 연기가
태풍 따라갔다

빨랫줄에 매달린 브래지어
바람기 느끼는 계절

강아지풀이 발정난 독침 가득 세우고
허공 두드린다

온몸 뒤집은 채
쾌락의 발성법을 배우기 시작한 느티나무 잎

한 우주 바보라는 담장 낙서와
환한 엉덩이 아래 음화가 사라지고 있다

감자볶음 냄새가 창문가 어슬렁거리다
제 운명의 길을 찾은 듯
와락 안기는 창문 밖

라면봉지가
어어어!
뒤뚱거리다 뒷걸음질치며 끌려가고 있다

옥상 화분에
얌전히 앉아 있던 호박꽃
드디어 정분이 났다

지난 밤 절뚝거리며
은하수 건너가던 초승달
밤이 다 갔는데 아직도 길을 헤매고 있다고
버드나무 잎맥 가득 사연을 보내왔다
제 살이 하얗게 타는 모습을 지켜본다

태풍
짙어가는 무더위
여름 아침 끌고 가고 있다
옷 벗기고 있다

지렁이

땅에 떨어진
빗줄기가 우주의 나이테를 그리고 있다

어쩌자고
비 흥건한 골목이
내가 살
길이라고
우기는지

그 대문 앞에는
나도 없는데

너를 밟았던 마음 얼마큼 따라가야
십 리쯤 아침이 올까

이 골목 돌아
저 우주 어찌 건너려고

나도 없는 길
나에게 가라고 하는지

끈적끈적하게, 빌어먹을

1
여자가 쓰레기장에서 나이테가 숨겨진 플라스틱 아이를
낳았다

재활용품 버리는 나무의 날
나무는 없고 쓰레기만 버리는
무뎌진 나이테로 새겨진 그녀의 날

꽃무늬 넓은 월남치마 밑으로
플라스틱이 쌓여 있었지
반짝반짝 빛나고
천년 넘도록

썩지 않는 사랑의 분자구조가
꼬이고 꼬여서
얽히고설켜서
언제까지라도
문드러질 날이 없겠다고,
그녀는
바람에 걸어두었던

치맛자락을 다시 걷어올렸단 말이지

나무의 날
나무가 버려진 채,
버려져 허기진 장롱에
세금을 내야 하는 날

버려진 아이를 위해
얼마를 내야
우주에서 행인1보다 못한 이 행성을
퍼 담아 버릴 수 있을까

2
나는 언제쯤
백만 년 무두질해도 해지지 않는
마음을 간직할 수 있을까

언제나 변함없이
착, 달라붙어서
죽는 날이 지나도 바래지 않는

무한반복 재활용 상품이 될 수 있을까

3
너덜거리는 바람
지구에서 떨어져 나간 먼지가 골목을 쓸고 하늘로 간다
골동품이 되어가는 나에게 내가 없으면
이 골목도 언젠가는 오래된 신맛 나는 사랑이었겠지

지구의 모든 요일을
송두리째 쓸어 담아 은하수 한가운데
퍼다 버리겠다,
악을 쓰던 골목

나는 살아서 빌어먹을,
썩지 않는 그리움 버릴 수 있을까
지구도 없는 지구에 남아서

플라스틱으로 정제된 정액을 뿌리기 위해
천만년쯤 용두질을 할 수 있을까

내게
단 한 번이라도
오염되지 않은 사랑이 가당키나 한 일일까

4부

향기 나는 집이 공중에 떠 있다

염색장

꽃은 피기도 전에 물든다
길과 들판이 노랑 빨강으로 물들고
자주색 연분홍으로 물든다

저 푸른 꽃대
어떻게 붉고 노란
마음을 퍼올렸을까

울면서 거리를 걷는
꽃의 마음 하나쯤 헤아렸다면
나도 낮과 밤의 경계도 없이 흔들렸겠지

그대 눈길 하나만 던져준다면
저녁노을에 놀란 나는
어둠 속에서 퍼올린 물빛으로
시들어가는 꽃의 행적을 필사했을 것이다

향기 나는 집

사람들은 집에서 살지 않는다
밥 먹지 않는다
애 낳지 않는다
집에서 죽지 않는다

병원에서 아기 울음소리
만들어지고 병원에서 망자
지우고 골목식당에서 혼자
밥 먹는다

죽어갈 뿐이다
영원으로 이사 준비할 뿐이다

어떤 노인에게는 그저
약 창고
어떤 아이에게는 아빠의 주먹질만
가득한 감옥

집에 있을 뿐
집에서 살지 않는다

집에 있으면,
빛나는 집에서 죽으면
비명횡사다

향기 나는 집이 공중에 떠 있다

계엄령 내린 날

죽음은 이국적이다
별빛에 매달려 있는 노랫소리
내 귀까지 젖어드는 길 잃은 음률
가슴까지 무너져 심장 쪽으로 손을 대봐야 하는 불안

강물을 따라 걸었던 날에는 잠음이 없었다, 무작정
걷는다는 게 견딜 수 없는 습관이었지만 걷다가
멍하니 강물 바라보다가
내가 지금 뭘 하는 건지도 모르는 날

해가 지는 곳은 아주 긴 조약이고
달은 참 먼 그리움에서 반짝인다
제집 찾기도 전에 하늘에서 사라지는 별들
불운한 징조가 눈부시다

산 너머에 산 또 그 너머 걷다보면
그 끝은 결국 내가 보고 있는 산

하늘에 햇살처럼 눈물 덜어내고 싶은
책 읽는데 읽은 줄 또 읽고 또 읽다가

마침내 책 한 권이 한 줄 선언문으로 남는
무참한 일상의 반복도 아침이면 깨지겠지만

매일 산 그림자 짙어지고 살아야 하는 저주받은 족속
빈손으로 자꾸 마음 쓸어 담으려다가
아무것도 흘린 게 없고, 쓸어 담을 것도 없다고 깨닫는
황망한 손짓
손을 바라보는 허전한 응시
그리워해야 하는 하루가 내게도 있다
그래, 흐느낌 같은

세상이 오지 않는 그대를 중심으로 돌고 있다고 느끼는
다시 아침이 올까 기다림이라는 걷잡을 수 없는 고행

이건 정말 뭐지? 나의 시는, 나의 저항은
나는 꿈을 꾸고, 그대는 깨어 있는 것 같아서
영영 다른 세상을 마시고 있는 것 같은,
아직 해가 뜨지 않은 하늘에 퍼렇게 맺힌 피

오래된 빨래

물기 다 빠지고
몇 날이 지났는데도
빨랫줄에 얌전하게 걸려 있다

팔은 있는데 손이 없고
앞 단추는 있는데 배도 없는
아주 오래 묵은 빨래

얼굴도 없고
목도 없는
구겨진 등짝

왜 내가 없을까?
옷걸이 앙상한 물음표 하나에 걸려 있는 옷

저녁 어스름에 불빛도 비어 있는 집
하염없이 오래된 질문에 걸려 있는
무지렁이

신발은 있는데

발이 없다,
수장된 아이들
한 겹 옷의 모순이 억겁이 되는 찰라
다리가,
새끼발가락이 없다

어쩌자고 가만히
가만히 있으라고만 했는가

어쩌자고 눈시울을 버리고 홀로 남아
바짝바짝 말라가는가

오늘도 가만히 흔들리는 빨래들

십자가와 거미줄

일요일 오후 성 가정이라는 기독교 신자의 집에 초대받아 갔는데 다른 신자의 집처럼 그 집에도 십자가가 거실 중앙에 걸려 있었어 못 박힌 예수는 언제 따뜻한 밥 한 끼 드시는지 항상 봐온 모습 그대로 비쩍 말라 있었지 우리는 밥을 먹고 술을 마셨지 조미료를 하나도 쓰지 않는다는 그 집 여자의 솜씨는 끝내줬어 술 다 마시고 거실에 앉아 잠시 쉬고 있는데 십자가에 거미줄이 보였어

— 십자가가 변하나?
— 십자가는 변하지 않는다

— 거미가 변하나?
— 거미가 변하겠니?

아무리 저물녘 끝까지 붉게 물들어봐라
꼭꼭 잠길 어둠이 변하겠는가?

— 사람이 변하나?
— 사람은 변하지 않아, 그놈이 그놈이지

변하는 건 죽는다는 뜻일까 그런 말 있잖아 안 하던 짓
하면 죽는다, 변하지 말아야지 세상 죽었다 깨나도 변하지
말아야지 임플란트를 열댓 개나 했다는 사람이 장례식장에
와서 술을 곧잘 마시더니만 1년 후 죽었다는 소식을 들었
지 담배 끊는다고 술자리마다 그 각오를 발설하던 사람은
사탕을 많이 먹고 6개월 만에 급성 당뇨로 죽었다더군

　살고 죽는 거야 제 맘대로 할 수 없다지만 변하지 말았어
야지 그 사람들 집에도 십자가가 있었는지 몰라 사람은 죽
기 전에 살아온 날을 참회한다잖아 십자가에 못 박힌 예수
가 일수처럼 받아온 참회록을 거미도 달게 빨아먹었을까

　참다운 고백은 있기나 한 거니? 어렸을 때 결핵을 앓던
핏기 없는 한 시인은 대학 다닐 때 시위도 열심히 하더니
청와대까지 들어가 참 오래 살고 있지 원래 그런 사람이었
는지 모르겠지만

　뭉개진 문장도 쭉쭉 빨아먹는 그 시인이 부러운 걸 보면
내가 원래부터 거미였을 거란 말이지

종점

차곡차곡 접힌 라면 박스가
마지막 남은 껍데기 팔러간다
등 굽은 할머니 밀고 간다
며칠 전까지만 해도 꺾이고 또 꺾여서
굴종도 모른 체 한 집안의 양식을 감싸고 있던
라면 박스
제 일 다 하고 등 굽은
할머니의 오래 쓰다 폐품이 된 엉덩이 밀고 간다
비 내리는 길 위에
우산을 받쳐도
우산에 떨어진 빗물까지 다 맞아
몽고반점이 지워진
여인을 밀고 간다

인도에는 사람이 많다
오는 사람 가는 사람 어깨가 얼마나 많이 부딪혔는지
저녁이 뚝뚝 떨어져 오고
떨이라며 해거름 가로등 가르는
과일가게 주인의 악다구니
한 근에 만 원인 수입 돼지고기 정육점 지나

시장통에서도 밀려난 행상 앞을 지나
너나 나나 다를 것 없는 발길에도 막혀
라면 박스는 할머니를
차도로 민다
흘러가는 생이더라도
속 시원하게 한 번쯤 걸어본 적이 있나

그랜저 지나가고
벤츠 지나가고
비엠더블유 지나가고
가장자리도 살기 힘든 길
천천히 밀며 간다
어느 차 하나 제 속도 줄이는 법이 없다

다 젖은 라면 박스가
꽉 막힌 길에 서서
할머니 빈손을 잡고 있다
자동차 불빛이 라면 박스 엉덩이에 꽂히는데
마지막에 딱 한 번 접힌
라면 박스가 뒤돌아보며 웃는다

이제 그만,

밀지 마라

여기서 더 갈 길이 어디냐

돌아가는 길

늦여름도 지난 브레이크를 달고 가을이 굽이진 산비탈 빗길 급하게 돌다가 아름드리나무 둥치 들이받고 말았다 산모롱이 옆 산막 마당 쓸던 할매가 혀를 끌끌 차고 "어쩐지 빨리 달린다 했다!"며 한심스럽게 가을을 본다 한쪽이 찌그러진 가을에서 떠꺼머리총각이 지꺼분한 눈으로 내리는데 꼭뒤부터 피가 홍건하다 에구에구 힘들다고 비틀거리다 철퍼덕 주저앉는다 피보다 더 붉은 단풍이 그의 셔츠에서 물들고 있다 비질하던 할매가 새된 소리를 지르며 허둥지둥 가을 곁으로 달려간다 멀리서 응급구조대가 빨갛게 앵앵거리며 달려오고 있는 모양이다 순번도 없이 가칫한 나뭇잎이 떨어졌다

단풍

성기가 된 개
어느 언덕부터 홀라당 붙어먹은 불이었을까
갓 피어난 아가씨들이 재잘대며 구름을 먹는다
달콤한 하늘
열어놓은 창문으로
웃자란 바람이 네모나게 잘리고 있다
가스레인지 위에서는 라면이 끓고
잘 익은 나뭇잎이
주소를 잃고 창문 안으로 들이닥친다
아이가 붉은 농구공을 들고 집으로 온다
땀을 뻘뻘 흘린다
개 한 마리와 한 여자가 울고 있다 소리 없이 짖는 풍경
농구 코트에는 아직도 아이들 몇이
지구에 공을 튕기며 놀고 있다
지구에서 솟구쳐 나오는 공
자꾸자꾸 지구 속으로
밀어넣는다 천천히
타들어가는 지구와 아이들의 욕정
욕심 없는 사람들이
뒤돌아보지도 않았는데도

돌이 되는 저물녘
소돔에서 시작한
언덕이 선정적으로 붉다
앵앵거리는
새콤한
유황불 언덕
가을산이 질질 단풍을 흘리고 있다

길

머리 둘 달린 뱀

더 이상 젖이 나오지 않는
모란

1미터도 가기 힘든 안개의 전진

칠흑같이 찬란한 먼 데서

두 발로 걷는 짐승 촉촉한 울음소리

기어왔다

머리가 머리를 끌고 간다

살려고 발버둥치는

저항도 무의미한,

아무것도 안 하는 것으로는 나만 죽어야 하는,

자본이라는 뱀의 꽃

의도하지 않을 오류

눈물 자국을
눈물 자궁이라 하고

못생긴 사람에게
ㅁ 아니 멋생겼다고 하고

맛있는 저녁 먹고
멋있다고 한다

내 송꾸락이 당신에게 말을 하늘데
나는 니가 도ㅣㅓ 쓰다가
너는 나가 되기도 했다가

내 맘을 따라가지 못하는 손가락이
가끔 당신의 오래될 그늘을 더듬기도 한다

내가 모슴 걸고 하루를 산다만
하루를 다 살지는 나도 모르겠다 만
술에 취패서
덩신에게 되도 않는 편지를 쓴다만

내가 취해 쓰늘 의도하지 않은 오류도
당신은
퍼즐 맞추듯 내 의도를 알아들었으리라 믿는다

이제 절 도착했다,
아까 사랑한다는 말
싱겁 끊너라
나 혼자 더퍼버리면 그마니다

일출의 그늘

주문진에는 주문하지 않은 슬픔이 있다
광주할매가 던져놓은 똥 덩어리가 환하다

러닝셔츠만 입은
대머리 전씨가 수평선
두 번 말아잡고
줄넘기한다 전씨의 불쑥 나온
배가
통통거리며
출렁이며
파도를 넘는다

엉덩이보다 머리가 더 떨어진 등
화염 속 바다 한가운데를 살다가
이 생이 저 생인지
저 생이 이 생인지
치매에 제 고향도 잊은 할매가
지팡이를 짚고 느릿느릿 걸어가는데
해태상회 노란 벽이
할매의 어둠을 받아주고 있다

뻘겋다
어둠의 그늘
바다를 떠난 섬도
새도
순진한 고양이
가을로 번지는 걸음도

간밤에 오줌을 쌌는지
한 아이가 키를 뒤집어쓰고
앙앙
입도 다물지 못하고
뻘겋게 울면서
달려오는데,

주문하지 않아도 죽는데
주문진에서도 주문한
뉘우침은 없다

꽃산적

벚꽃 산적 먹던 산이 엊그제인데
단풍이 또 산적을 꿰고 있다

산은 날 버리고
나는 죽자사자 산에 오른다

내 살아온 부끄러움 모두
눈이 되어 내리는 날

나뭇가지마다 내 살을 찌르고 있다
나만 모르는 이유를 들이대고 있다

어쩌자고

어쩌자고 남편 있는 여자랑 불륜을 저질렀을까 사촌동생 저녁밥 먹으러 서쪽으로 멀리 갔다 대형 상점에서 푹 고꾸라진 동생 영정 보니 숱 많았던 머리가 다 벗겨지고 점 많은 얼굴에 북두칠성만 더 선명해졌다 마흔 넘어 주름도 늘었다 워낙 여기저기 떠돌아다녀서 구두 신고부터는 일가친척 장례식장에서나 본 동생이다 여자랑 살림을 차렸다는데 유부녀라 장례식장에는 나타나지도 않았다 어쩌자고 유부녀를 만났을까

사흘 만에 집 현관에서 신발을 벗는다 샤워하고 수건으로 머리털 물기 말리며 관짝 같은 건너편 아파트를 의미 없이 본다 오래된 나무에도 바람의 물결이 지나는데 건너편 아파트 창에 언뜻 아이가 나타났다 사라진다 동생도 애가 있다면 비 내리는 봄 숲 연두 나이쯤 됐을 텐데 병원에서 죽은 동생 유품 몇 개 주고 아무 말 없이 갔다는 유부녀의 발길 지우듯 비가 내린다

봄 다 갔다 봄보다 먼저 집 나간 동생은 어쩌자고 저녁도 먹지 않고 사랑이었을까 어쩌자고 내장 썩어 문드러지도록
　죽는 것도 모르고
　사랑이었을까

"하하하 성수야! 우리 막걸리 한잔하자"

김정수/ 시인

세월이라 하고 싶은데 그냥 시간이라 하겠습니다. 시간과 시간이 연속으로 모여 세월이 되겠지만, 세월이라는 말에는 '나이듦'이나 '흰 색', '후딱'이 숨어 있는 것 같고 '오랜'이 앞서 걸어가고 있기 때문입니다. '너무 멀리'가 아닌 '좀 더 가까운' 거리와 관계는 시간과 상관이 없습니다. 시간이 단순한 자연의 흐름이나 변화가 아니라 인간의 의식을 지배하는 형식이라면, 인간은 시간에 얽매인 불쌍한 존재일 뿐입니다. 어둠의 시간은 정지해 있고, 밝음의 시간은 흘러야 합니다. 하지만 빛을 인식하는 순간 '어둠'의 시간도 흐르게 됩니다. 빛이 차단된 방에서 삶은 정지하거나 천천히 흐릅니다.

햇빛이나 별빛, 달빛 등이 지배하는 밖의 세상에서 인간은 살아 있습니다. 하지만 "집에 있을 뿐/ 집에서 살지 않"(「향기 나는 집」)습니다. 사방이 막힌 벽 한쪽에 문을 내 빛을 들여야 비로소 방은 방이 되고, 벽은 온전히 벽이 됩니다. 시간의 방이 탄생합니다. 문을 닫는 순간 시간은 단절되겠지요. 아니 기억이 사라져 문을 닫아도 돌아오지 않을 것입니다. 기억은 흘러가는 물과 같습니다. 그런 점에서 기억은 흐르기보다 고여 있는 물 아닐까요.

산 정상에 있는 '뇌'라는 호수에 고인 물 같은. 호수의 물은 오장육부까지 보여줄 만큼 투명하지만, 파란 하늘과 흰 구름만 수면에 투영할 뿐입니다. 온전히 물속을 보려면 옷을 벗고 들어가야 합니다. 물의 냉기를 온몸으로 견뎌야 합니다. 그래야 물의 갈피에서 시인의 "슬픔을 미끼로/ 낚아 올린 삶"(이하 『그대에게 가는 길을 잃다, 추억처럼』, 「내 삶을 탁 내리칠」)과 고뇌, "팽팽한 핏빛 투쟁", "나도 베어먹을 슬픔"과 웃음을 발견할 수 있습니다. 방의 문이 닫혀 있든, 열려 있든 방 안의 시간은 일정하게 흐릅니다. 문 하나를 사이에 두고 방 안에서 아무것도 안 하는 사람과 밖에서 부지런히 움직이는 사람이 있습니다.

어제 있던 자리에 오늘 또 서 있다
어제가 오늘 같고

혼자 욕하고
혼자 욕을 먹는다
내일도 머물러야 할 방

과장도 없는 방
이불을 개고

무덤 속에 먼지만 가득하다

　　　　　　　　　　—『그대에게 가는 길을 잃다, 추억처럼』,
　　　　　　　　　「거울 속의 방 —실업 그날의 일기 4」전문

　이성수 시인은 '거울 속의 방'에 머문 힘든 시기를 보낸 적이 있습니다. 첫 시집의 '실업 그날의 일기' 연작시를 보면 쥐만도 못한 처량한 존재라거나 본능조차 잊어버린 놈이라 자책하고, 아침마다 갈 곳이 있는 방위들을 부러워하고, 늦은 아침을 먹으며 한숨을 쉽니다. 심지어 결혼하는 날도 실업자였다고 합니다. 그러면서도 봄 나뭇가지에 꽃이 피었다 위안 삼고, 이제 다시는 슬픈 이야기는 쓰지 않겠다고 다짐합니다.

　"내일도 머물러야 할 방"이지만 시인은 "이불을" 갭니다. 재미있는 사실은, 정작 본인은 실업의 나날을 보내면서도 내가 백수가 될 때마다 일자리를 찾아주었다는 것입니다. 내가 "눈물의 밥"(「꿀맛 같다 이 밥」)을 삼키고 있을 때마다 밥 먹을 곳을 소개해주었지요. 그것도 한번이 아닌 세 번씩이나 말입니다. 그는 그런 사람입니다. "모든 계절은 앞에 서 있는 계절을 죽여야 성장"(이하 「사이」)하듯, 누군가 자리를 잃어야 자리가 생깁니다.

　"사는 게 다 그냥 아침에 들고 나가는 가방"입니다. 방 하나를 잃어야 방 하나가 생기는 것이지요. 그 방에는 무엇이 들어 있을까요. 수시로 방과 방을 오갔지만, 이성수 시인은 문 밖을 산책하다 문 안에 들어 시간의 물에 상처를 쓰는 사람입니다. 오래 문밖을 떠돌았습니다. "절집 뒷간은 문도 없이 봄"(「하기야 동백꽃도」)이 오는 줄 알아채곤 동백이 피는 속도로 귀가해 시방은 방 안에서 문을 열고 밖을 바라보는 사람입니다.

절간 처마 끝 풍경을 떠올리며 "목숨 연명하는 소리"(「風磬」)를 추억하다가 "문이 왜 필요해" 하며 '벽'을 허물 수 있는 사람입니다. 지나가는 사람들을 불러세워 "한참을 웃고 떠들다"(앞의 책, '시인의 말')가는 "잘 가" 하고 해맑게 손을 흔드는 사람입니다. 그에게 시는 "뜻하지도 않은 곳에서" 만나 허물없이 웃고 떠드는 "뜻하지 않은 친구"입니다. 어쩌면 '느닷없는 진지함'이라는 말이 가장 잘 어울릴 것입니다.

하지만 '느닷없음'은 '불현듯'입니다. '불현듯' 그 자리에 있는 것에서 '있는 것'을 깨닫고 '삶의 걸음'을 앞으로 내디디는 것입니다. 내 삶에 녹여내 한결 깊어지는 것이지요. 느닷없이 벽을 허물 수 있는 것은 문이 거기 있음을 인식하기 때문입니다. '있음'과 '없음'이 의미 없다는 것을, "비어 있기 때문에 중심"이 존재함을 '불현듯' 알아챘기 때문입니다. 허허실실이지요.

이성수 시인의 '유쾌한 명랑'엔 "사막 한가운데"에 "뻥 뚫린" 구멍이 있습니다. 겉으로 드러난 게 다는 아니지요. 가벼움만으로 무거움을 가름하긴 어렵습니다. 웃음의 이면에 감춰진 슬픔을 감지하면 '느닷없음'이나 가벼움을 탓할 수 없을 것입니다.

하늘 아래 사막이 있다

사막 한가운데는 뚫려 있다

뻥 뚫린 모래

비어 있기 때문에 중심이다

발버둥을 쳐봐라

사막의 모래가 다 그 구멍 속으로 들어가도

구멍은 뻥 뚫려 있다

　　　—『그대에게 가는 길을 잃다, 추억처럼』, 「개미귀신」 전문

　시간을 거슬러 올라가보겠습니다. 35년쯤 되겠군요(구체적으로 계산해보지 않았는데 생각보다 더 오랜 시간이 흘렀습니다. 인생무상이라는 상투적인 말은 하지 않겠습니다). 제대 후 복학해서 습작할 때의 일입니다.

　어느 봄날, 그가 시 좀 봐달라며 찾아왔습니다. '아니 지나 내나 똑같은 문학청년인데 왜 나한테…. 선생님이나 선배들을 찾아가지.' 뜨악한 표정을 짓는 나에게 그는 대학 동기 중 한 명이 나를 찾아가보라고 했다더군요. 당시 소설과 시를 동시에 쓰던 그 친구의 실력은 내가 범접할 수준이 아니었습니다. 나보다 몇 발짝은 앞서 있었지요. 그런 친구가 왜 나를 추천했는지는 지금도 잘 모르겠습니다. 은근슬쩍 거절했는지도 기억이 나지 않습니다.

　술집도 아닌 카페 '무명'에 앉아 잘난 척 지적질한 부끄러운 장면만 남아 있습니다. 그때 본 '시가 되지 못한 시' 한 편이 배드민턴 치는 내용이었습니다. 두 사람 사이를 왔다

갔다 하는 셔틀콕과 사람들 관계에 대한 시였습니다. 사실 지나 내나 뭐 다르다고, 도토리 키재기인데 그는 묵묵히 듣고만 있었습니다. 얼굴이 붉어졌겠지요. 기분이 좋을 리 있겠습니까. 아마 끝나고 근처 주점으로 술 한잔하러 갔겠지요. 술 한잔 들어가면 더 심하면 심했지, 덜하진 않았을 겁니다. 시답잖은 이야기로 술집이 시끄러웠겠지요. 묵묵히 듣고 있지는 않았을 테고 그가 반론을 펼쳤을 겁니다. 젊었고, 술 한잔했으니까요. 그런데 커피값과 술값은 누가 냈을까요. 쓸데없는 궁금증이 이는 것은 나이를 먹었기 때문입니다.

  내 나이 오십줄에 부러질 즈음
  어머니 내 손을 영영 놓으셨습니다
  내가 놓으면 단풍 낙엽처럼 흐느적거리며
  떨어지는 손

  몇 달 마음 둘 곳 없어
  푸른시민연대 찾았습니다
  어머니,
  어머니가 계셨습니다

  (중략)

  쓴맛만 나는 생을
  어머니는 쓰고 나는 읽었습니다

내가 살아보지 못한
아궁이 밥솥 안의 삶을
매일 들여다보았습니다
거기에 두 눈 버젓이 뜨고 있으면서도
손가락으로 글자를 읽었던
어머니가 계셨습니다

작대기 하나로
온종일 산에서 놀다온 내게
저놈의 자식 오늘도 옷 버린 거 봐라!
웃으시던 어머니

왜 나는 어머니에게
삶을 돌아보라 이야기하지 않았을까요
어머니도 한글 배워
어머니 삶 받아쓰기 한번 해보시라고
왜 말하지 못했을까요
받침이 틀려도 좋으니
시 한 편 써보시라고
어머니 밥솥에 있는 시 한 편 퍼드리지 못하고

　　　　　　　　　　　　　　　—「시 공부 시간」부분

하나는 목에 걸고 다니고

하나는 출입문 옆 화분 아래

또 하나는 누이동생

전화 안 받으면
우리 집 문 열어봐라

오래돼 썩은 둥치 하나 있으면
내다가 불태워 버려라

—「노인의 열쇠 세 개」전문

　이번에는 시간을 조금만 거슬러 올라가보겠습니다. 어느
날 이성수 시인이 내 직장으로 찾아왔습니다. 일을 마치고
우리는 당연하다는 듯 술집으로 향했습니다. 거기서 그가
제안하더군요. 자기는 오래 전부터 하고 있었다면서 "뒤늦
게 한글 공부하는 어르신들이 있는데 자원봉사로 시를 가
르쳐볼 생각 없느냐"고요. 경희대 부근에 있는 푸른시민연
대에서 운영하는 푸른어머니학교로, 일주일에 한 번 2시간
수업이라더군요. 직장생활을 하면서 일주일에 한 번, 그것
도 1시간 일찍 퇴근해야 하는 상황이라 선뜻 대답할 수 없
었습니다. 회사에 허락을 얻어야 하고, 마음의 준비도 해야
했습니다. 며칠 후 그 일을 하겠다고 했습니다. 나이 오십
이 넘으니, 그동안 사회로부터 많은 것을 받았고 이제는 돌
려줘야 할 나이라는 생각이 들었습니다. 내가 뒤늦게 철이
든 것이지요. 철없는 것 같은 이성수 시인은 진즉 철이 들
었던 것이지요.

그가 푸른시민연대와 인연을 맺은 것은 어머니가 "내 손을 영영 놓으셨"기 때문입니다. 거기에 여러 "어머니가 계셨"으니까요. 이성수 시인과 함께 "그분들을 모시고 시 공부"를 시작했습니다. 물론 다른 반이었습니다. 몇 분은 첫차를 타고 나가 건물 청소일을 하신다고 했습니다. 숙제를 내줄 엄두도 못 냈습니다. 그저 수업에 참석하시는 것만으로도 고마웠지요. 수업을 하다보면 그믐처럼 졸고 계셨습니다. 그래도 휴식 후 직접 시를 쓰는 시간에는 눈이 반짝거렸습니다. "쓴맛만 나는 생을/ 어머니는 쓰고 나는 읽었"지요. "내가 살아보지 못한" 삶이 녹아 있는 어머니들의 시를 읽으며 내가 더 많이 배웠습니다. 그분들이 선생이었지요. 그분들이 진정한 시인이었습니다.

사랑은 그렇게 저돌적인 공격이었나
떨어지면 가슴까지 이어주는
아픈 불꽃

추스르지 못하는 상처들까지
뜨겁게 달구어지면 다시
사랑할 수 있는 것이냐

거푸집에 쑤셔박을 시멘을 개며
가래처럼 끓어오르는 설움까지
썩썩 비벼 넣지만
공사판 그늘진 구석에서

용접봉 하나로
사랑을 깁고 있는 사람들

어느 하늘 아래
어느 땅 위에
천 번을 만나도 싫지 않은 사람들이
곽곽한 가슴까지 그리움을 껴안고
잠 못 이루는 밤을 보냈다는 것이냐

사랑은 무지막지한 것
화농이 문드러져 군살이 될 때까지
대가리 처박고
피 터지게 쌈질하는 것
싸워야 사랑도 커진다는데
　　　　　—『그대에게 가는 길을 잃다, 추억처럼』「용접봉」부분

　사랑은 정말 "저돌적인 공격"일까요? 그러다가 "네게 가
는 길 앞에서 사랑을 잃고 서 있"(앞의 책, 「겨울나무」)는 건
아닐까요. 사랑은 은근하고 뭉근한 것 아닌가요. "추스르지
못하는 상처들까지／ 뜨겁게 달구"면 서로 잘 붙기는 하겠지
만 금방 시들해지겠지요. "천 번을 만나도 싫지 않은 사람
들"의 사랑은 균형 아닐까요.

　의자를 생각해보세요. 네 개의 다리 중 한 개라도 부러지
면 못 쓰잖아요. 어느 한쪽으로 힘이 쏠리면 약해지므로 힘

의 안배가 필요합니다. 서로가 서로에게 의지하되 어느 한 쪽이 짐이 될 만큼 기대서도 안 되지요. 한쪽으로 기우는 순간 사랑은 사랑으로 용접해야 할지도 모릅니다. 그래도 흔적은 남겠지요. 진정한 사랑은 오래 곁에 두고 바라보는 것입니다. 너무 가까우면 타버리고, 너무 멀면 "까다 만 사랑"(「그까짓」)처럼 밍밍하겠지요.

평행선을 달리는 철길을 생각해보세요. 멀지도 가깝지도 않은 거리에서 종점까지 가잖아요. 그런 사랑은 너무 기계적이라고요. "싸워야 사랑도 커진다"는 무지막지한 말을 정말 믿는다는 말입니까. 그러면 "섣달그믐 늦은 밤"에 양수리행 버스 한번 타보실래요.

> 나뭇잎처럼 우는 새가 있다
> 섣달그믐 늦은 밤인데
> 왜 한 남자를 동시에 늘어진 젖가슴에 담았는지
> 두 여자가 청량리에서 양수리 가는 버스
> 양쪽 자리에 앉아 싸움을 한다
> 남자는 아무도 없는 버스 정류장처럼 들척지근한 술 냄새만 풍기고
> 여자들은 "이년아!" "이년아!" 입에 풀칠한 욕만 뱉어낸다
> 버스는 그믐달이 낸 길을 소리도 없이 가고
> 버스에 타고 있는 여고생들은 청춘이 즐거워 낄낄거리며 웃는다
> 밤은 언제부터 어두워졌는지

아무도 가르쳐주지 않았는데

두 여자 눈에 한 남자가 밟혀서

머리끄덩이 잡고 싸움질일까

그믐은 얼마큼 깊어야 어둡다 말할까

팔당댐 지날 즈음 버스 운전사가

싸울 거면 내려서 싸우라고 깜깜한 밤 한가운데 차를
세운다

남자는 꾹 다문 섣달 그놈의 달만 쳐다보고

남자도 잃고 머리도 다 뜯긴 여자는

갈퀴 같은 손으로 헝클어진 머리를 쓸어 넘긴다

"염병헐, 이제 안 싸울라니, 후딱 갑시다."

섣달그믐 늦은 밤

바짝 마른 나뭇잎처럼 우는 여자를 보았다

―「양수리행」전문

세상일이 사람 맘대로 되지 않습니다. 「양수리행」은 이
러지도 저러지도 못하고 운명에 순응하면서도 반발하는 두
가지 양태가 겹쳐 보입니다. 같은 집에 사는지, 아니면 같
은 방향인지, 그것도 아니면 한 여자가 죽자사자 쫓아가는
것인지 알 수는 없지만 "청량리에서 양수리 가는 버스"에
한 남자와 두 여자가 같이 타고 있습니다.

남자가 혼자 술을 마신 것 같지는 않습니다. 남자가 한
여자와 술을 마시는 자리에 한 여자가 찾아온 것 같습니다.
늦은 밤이므로 미행을 한 것 같지도 않습니다. 그러면 사달

이 나도 초저녁에 났겠지요. 정황상 남자가 전에 사귄 여자와 나중에 새로 사귄 여자 사이에 이러지도 저러지도 못하는 것으로 보입니다. 그 세 사람이 한 버스에 탄 것이지요. 문제는 전에 사귄 여자가 아직도 남자에 대한 소유권을 주장하는 반면 새로 사귄 여자 역시 남자에 대한 소유권을 요구하고 있어서 이 둘의 주장이 충돌하는 것이지요. 여기에 법이 있을 공간은 없습니다. "이년아!" "이년아!" "머리끄덩이 잡고 싸움질"일 수밖에 없겠지요.

남자는 왜 양수리 물결에 흔들리는 나룻배 같은 삶을 거역하지 못하고, 두 여자는 그런 남자를 두고 왜 싸울까요. 선택하거나 떠나면 그만이고, 버리면 그만인데요. "바싹 마른 나뭇잎처럼 우는 여자", 어찌 보면 한심합니다. "깜깜한 밤 한가운데" 내려 홀로 걸으면 안 되나요. 하긴 사랑이, 사람 마음이 내 의지대로 되나요. 단칼에 싹둑 정情을 잘라낼 수 있나요. "어쩌자고" 사랑했을까요.

어쩌자고 남편 있는 여자랑 불륜을 저질렀을까 사촌동생 저녁밥 먹으러 서쪽으로 멀리 갔다 대형 상점에서 푹 고꾸라진 동생 영정사진 보니 숱 많았던 머리가 다 벗겨지고 점 많은 얼굴에 북두칠성만 더 선명해졌다 마흔 넘어 주름도 늘었다 워낙 여기저기 떠돌아다녀서 구두 신고부터는 일가친척 장례식장에서나 본 동생이다 여자랑 살림을 차렸다는데 유부녀라 장례식장에는 나타나지도 않았다 어쩌자고 유부녀를 만났을까

사흘 만에 집 현관에서 신발을 벗는다 샤워하고 수건

으로 머리털 물기 말리며 관짝 같은 건너편 아파트를 의미 없이 본다 오래된 나무에도 바람의 물결이 지나는데 건너편 아파트 창에 언뜻 아이가 나타났다 사라진다 동생도 애가 있다면 비 내리는 봄 숲 연두 나이쯤 됐을 텐데 병원에서 죽은 동생 유품 몇 개 주고 아무 말 없이 갔다는 유부녀의 발길 지우듯 비가 내린다

　봄 다 갔다 봄보다 먼저 집 나간 동생은 어쩌자고 저녁도 먹지 않고 사랑이었을까 어쩌자고 내장이 썩어 문드러지도록
　죽는 것도 모르고
　사랑이었을까

―「어쩌자고」전문

　신이 인간의 정수리에 부어놓은 사랑이 항상 생산적이라거나 바람직한 모습을 보이는 건 아닙니다. 불륜의 결과는 비극입니다. 무거운 죽음입니다. 어긋난 사랑은 "내장이 썩어 문드러"질 만큼 힘듭니다. 사촌동생의 삼일장을 치르고 집에 돌아온 시인은 "건너편 아파트"가 관짝으로 보일 만큼 안타까워합니다. 나도 아파트를 '관'이라는 생각으로 쓴 시가 있습니다. 실직했으면서도 아내에게 말도 못하고 출근하는 척 집을 나와 아침부터 공원을 배회하다가 퇴근 시간에 맞춰 초인종을 누르는데, 그걸 관을 들춘다고 했지요. 죽음이 펄펄 끓을 만큼 집안 분위기가 살벌했고요.

「동구릉」이라는 시를 보면 여러 해 "봄이 지난 소풍처럼 그녀를 만났다"고 했습니다. "그녀도 동구릉 소풍을 갔다" 했고, "그녀와 나는 나란히 걸었"을 것이라 상상합니다. 첫사랑일까요? 아마 아닐 겁니다. 하긴 모르지요, 젊을 때 어딘들 못 가겠습니까. 첫사랑과의 만남은 마약 같은 중독이겠지요. 좋은 사람과의 만남은 좋은 감정 그대로 가슴에 간직하고 있어야 합니다. "마술 같은,/ 저세상"이 열릴 것 같지만, 봄날은 짧지요. 만나면 실망할 가능성이 더 높겠지요.

꿈은 가슴에 간직할 때 아름답지요. 막상 현실이 되면 싱거울 수 있습니다. 우리가 살다보면 좋은 날만 있는 건 아닙니다. 아무리 잉꼬부부도 냉전시대는 있겠지요. 시인과 사랑에 관한 대화를 한 기억이 거의 없습니다. 자주, 오래 술을 마셨어도 여성을 대상으로 농담을 한 기억이 없습니다. 시인이 생각하는 사랑은 어떤 걸까요.

너를 사랑해, 하고 말하는데
이게 뭔 뜬금없는 소리냐며
호호 깔깔 웃던 세월을 만난 적이 있다

—「벽」 부분

내가 생각이라는 미친 짓을 시작하기 훨씬 전 내가 사랑하기 아주 오래 전 사랑도 중생대였던 그때

—「중생대 쥐라기 허니문」 부분

내 사랑이 막 떠오른 천만 개의 풍경인데

귀를 막고, 침묵인지요

　　　　　　　　　　　　　　　—「송광사에는 풍경이 없다」부분

허공에 떠 있는 입

눈

귀

진화의 순간부터 목이 길어진

죽도록 사랑했다는,

　　　　　　　　　　　　　　　—「기린의 골목」부분

드러낸 푸른 하늘 눈부처였는데

누구는 그걸 사랑이라 하고

누구는 퇴행적 우울이라 했다

　　　　　　　　　　　　　　　—「고드름」부분

썩지 않는 사랑의 분자구조가

꼬이고 꼬여서

얽히고설켜서

언제까지라도

문드러질 날이 없겠다고,

　　　　　　　　　　　　　　　—「끈적끈적하게, 빌어먹을」부분

이제 절 도착했다,

아까 사랑한다는 말

싱경 끊너라

나 혼자 더퍼버리면 그마니다

—「의도하지 않을 오류」부분

　이번 시집에는 '사랑'이라는 단어가 27번 나옵니다. 물론 하릴없는 사람처럼 일일이 세어봤습니다. "번드르르한/ 피곤"(「고드름」)이 몰려왔지만, 친애하는 이성수 시인의 두 번째 시집 발문을 쓰는데 그 정도 정성은 보여줘야 하지 않겠습니까. 내친김에 '꽃'이라는 말도 세어봤습니다. 67번이나 나오더군요. 시집에 꽃이 활짝 피었습니다. 꽃을 좋아하면 늙은 것이라는데, 그는 어쩌다 환갑도 되지 않았는데 늙은 것일까요.

　정작 '늙다'는 말은 한번도 사용하지 않은 반면 '젊은'은 1번, '청춘'은 8번이나 등장합니다. 반어적일까요? '청춘'을 상징하는 계절 '봄'도 찾아봤습니다. 35번. 다른 계절이 차별한다 할까봐 다 찾아봤습니다. 여름 7번, 가을 9번, 겨울 6번, 그리고 단풍 5번, 눈[雪] 6번이더군요. 눈, 코, 입 등 신체어도 찾아보려다 그만두었습니다. 결론은 사랑하는 사람과 봄꽃을 좋아한다는 것입니다. 그게 시에 녹아 있고요.

　그런데 말입니다. "썩지 않는 사랑"인데, 신경 끊어야 할 것 같습니다. "귀를 막고, 침묵"해야 할 것 같습니다. 잘못하면 풍선처럼 펑 터질 수 있기 때문입니다. "흘러가는 이 생의 봄날이 가"(「흔들리는 흙」)렵습니다. 어디선가 시인의 말이 들려오는 듯합니다. "쫒/ 고맙습니다/ 라는 시를 꼭 써야겠어"(「내가 아직 못 쓴 시」).

무릎 다 닳아서
눈길에도 목소리를 절뚝거리는 시를 썼다

자활센터 사업장에서 퇴사한
옛 동료가
부음으로 찾아와서
반가웠다는,

남아 있는 겨울이 이미 떠난 겨울을 만났다는,

아직도 자활하지 못한 봄이,
꽃이

— 「봄꽃」 전문

봄도, 꽃도 사랑처럼 우울합니다. "빗자루에 쓸려가는 봄 인들 고뇌가 없겠"(「하기야 동백꽃도」)습니까마는 "아직도 자활하지 못한" 삶입니다. 종종 인생은 봄 여름 가을 겨울 에 비유합니다. 봄이 인생의 유년기라면, 여름은 청년기, 가을은 중년기, 겨울은 노년기쯤 되겠지요, 시인은 "이미 떠난 겨울"뿐 아니라 "남아 있는 겨울"에서도 죽음을 자각 합니다. 죽음을 자양분 삼아 삶이 싹을 틔웁니다. 한 사람 이 죽으면 한 사람이 태어납니다.

시인은 죽음이라는 말을 싫어하는 것 같습니다. 죽음이라는 말 대신 겨울처럼 다른 단어를 사용했습니다. 죽음이라는 명사를 딱 한 번 사용('죽다'는 의미로 쓰인 시어는 33번이고 돌아가시다 등 죽음을 의미하는 단어를 포함하면 더 많다)했는데, 그 "죽음은 이국적"(이하 「계엄령 내린 날」)입니다. 시인에게 죽음은 길을 잃은 듯, "가슴까지 무너"진 듯 "무참한 일상의 반복"되는 고통을 동반하기 때문입니다.

엄마는 당신이 살아온 날을 소설로 쓰면 몇십 권은 될 거라면서도 눈 한 번 깜빡하니까 머리가 하얗더라는

되도 않는 역설을 자주 말씀하셨다, 꽃이 핀다

하긴 엄마 뱃속에서 내가 태어난 것도 황홀한 인연인데 엄마가 한평생 한 번 깜빡인 눈은 얼마나 이 생이 아름다울까, 꽃이 나부낀다는 것은 꽃이 진다는 말인데

눈 한 번 깜빡일 때마다 한 생이 지나고 또 다른 생을 맞는다

엄마가 쓴 이번 생 이야기 읽어보려고 엄마가 서 있던 자리에서 오랫동안 창밖을 바라보는데
왜 계절은 저만큼 먼저 꽃을 내던지는지 다시 눈을 깜빡이고 말았다

—「눈 한 번 깜빡」 전문

엄마 돌아가시고
아버지는 엄마 이름 부르며 사십구재 내내 울었다

우리 신현봉 천국 가게 해주세요, 나무아미타불
우리 신현봉 천국 가게 해주세요, 나무아미타불…

아버지 이제 그만하고 저녁 드세요!

예수와 부처를 망라해 엄마를 부탁하면서
눈물 콧물 다 닦고는

그래, 날도 더운데 우리 막걸리 한잔하자!

엄마 돌아가시고
아버지 혼자 집 지키는 화석이 될 것 같았다

사십구재 끝나면 예쁜 할머니랑 같이 사세요!

그런 할망구가 있기나 하니?

혼자 사는 할머니 있으면 소개해달라는 말씀인지
따라가지도 못할 여자는 꿈도 꾸지 않는다는 뜻인지

우리 신현봉 천국 가게 해주세요,
나무아미타불

나무아미타불…

―「하하하, 아버지」 전문

죽음의 다른 말은 사망死亡입니다. 법률적 용어지만, 전통적인 개념의 사死와 망亡은 좀 차이가 있습니다. 사死는 죽은 직후부터 장례를 치르기 전까지, 망亡은 장례를 치른 이후를 의미합니다. 그래서 명칭도 사자死者와 망자亡者로 구분해 쓰지요. 하긴 명칭이 무에 중요하겠습니까. 생명이 있는 것들은 다 죽는데 말입니다.

"태어나서 한 번만 환해"(이하 「피는 꽃」)졌다가 "환장할 것 같은 어둠" 속으로 사라지는 것을요. 어찌 보면 죽음은 참 공평합니다. 한 번도 경험해보지 못한 저 너머의 세계인지라 두려운 것은 당연합니다. 하지만 공자님은 "삶도 알지 못하는데 어찌 죽음을 알 수 있겠는가?" 반문하셨다지요. 귀신을 섬기는 것에 대해서도 "사람도 섬기지 못하면서 어찌 귀신을 섬길 수 있으리오" 하셨다지요. 그래도 가까운 사람이 죽으면 알고 있는 모든 신神을 찾게 되지요. "천국 가게 해"달라고, "나무아미타불" 극락왕생하게 해달라고 빌게 되지요. 생명의 존재인 인간은 죽음이라는 미지의 세계를 마주하면 한없이 작아집니다.

"눈 한 번 깜빡"이면 봄 지나 겨울이 됩니다. 가을의 자리에 서서 "엄마가 쓴 이번 생 이야기 읽어보려고 엄마가 서 있던 자리에서 오랫동안 창밖을 바라보"게 됩니다. 아무리 슬퍼도 밥은 먹어야겠지요. "날도 더운데 우리 막걸리 한

잔"해야겠지요. 우리는 "눈 한 번 깜빡일 때마다 한 생이 지나고 또 다른 생을 맞"습니다.

「허물어진 시」에서 "나는 죽어가는 문장", "내 병은/ 내 시"라 했듯 시인의 몸속에는 시가 흐르고 있습니다. 그냥 시인이죠. 이성수의 시에선 진한 페이소스가 느껴집니다. 그저 무심히 바라보는 듯하지만, 대상을 연민과 동경의 눈으로 바라봅니다. 사물을 요모조모 관찰하다가 슬쩍 비틀기도 합니다. 장난감을 가지고 노는 아이처럼 진지한 듯 장난스럽고, 장난스러운 듯 진지합니다. 그냥 천진합니다.

"커다란 스케치북"(이하 「삶은 종잇조각」)에 '삶'이라는 글자를 쓰고 "뭔가 골똘하게 바라"보는 어린 조카의 모습과 크게 다르지 않습니다. 금방 "깊이를 알 수 없는 글자"가 적힌 "스케치북을 북 찢어서 꾸깃꾸깃 구겨버"리고는 아무 일 아니라는 듯 시소를 탑니다. "올라갔다 내/ 려/ 갔/ 다"를 반복합니다. 이쯤 되면 삶이 장난인지 장난이 삶인지, 시가 생활인지 생활이 시인지 분간하기 어렵습니다. 이성수의 삶이 머무는 지점입니다.

> 거울 앞에서 엉덩이를 깐 사내가
> 근심과 번뇌의 경계를 넘자
> 순식간에 자세가 흐트러진다
>
> —「반가사유상」 부분

현대시세계 시인선 141

눈 한 번 깜빡

지은이_ 이성수
펴낸이_ 조현석
기 획_ 고영, 박후기
펴낸곳_ 북인
디자인_ 푸른영토

1판 1쇄_ 2022년 05월 08일
출판등록번호_ 313 - 2004 - 000111
주소_ 121 - 842 서울 마포구 서교동 460 - 34, 501호
전화_ 02 - 323 - 7767
팩스_ 02 - 323 - 7845

ISBN 979-11-6512-141-9 03810
ⓒ 이성수, 2022